20 Historias Aleatorias.

Escrito por

Martin Lundqvist

20 Historias Aleatorias

Primera edición. 06 de octubre de 2020.
Copyright © 2020 Martin Lundqvist.
Escrito por Martin Lundqvist.
Traducido por: Sebastián Llanos

Asesinato en el Ghan.

Viajaba en el Ghan, el lujoso tren nocturno que cruza Australia, de Adelaida a Darwin. Para la mayoría de la gente, es una forma fantástica de experimentar el Campo australiano, pero para mí, fue otra cosa. Estaba aquí en una misión.

Soy Samantha Nyamwasa y la única superviviente de mi familia del genocidio ruandés de 1994. Viajé en este tren para matar a Patrick Bagosora, el hombre que asesinó a mi familia y evitó la justicia al vivir en Australia bajo una identidad falsa. Terminé mi bebida en la lujosa carroza del restaurante y le dije a mi esposo Jakob que tenía que ir al baño. No lo estaba, tenía algo mucho más importante que hacer. Era hora de que Patrick Bagosora se enfrentara a la justicia.

Publiqué mi manifiesto detallando los crímenes de Patrick y recogí el arma que había comprado ilegalmente. Después de eso, encendí un video en vivo a Internet y fui a la cabaña de Patrick. Abrí la puerta y disparé al hombre que había asesinado a mi familia, transmitiendo el asesinato por Internet. Jakob me vio y vino corriendo hacia mí.

"¡Samantha, ¡qué has hecho!"
"¡Lo hice!"
"¿Qué hiciste qué?"
"Yo maté a Patrick".
"¿Pero por qué? ¿Has perdido la cabeza?"

"No, él mató a mi familia. Soy infértil, y mi familia termina conmigo. Esta es mi resolución".
"Entonces, ¿qué hacemos ahora?"
"Haré lo que Patrick debería haber hecho. Reconoceré mis crímenes y aceptaré mi castigo".

Algún tiempo después, el tren se

detuvo y la policía me arrestó cuando llegamos a Alice Springs.

Unos días después, recibí una gran noticia. La autopsia reveló que Patrick Bagosora había muerto muchas horas antes de que le disparara. Alguien había envenenado a Patrick la noche anterior.

El tribunal rebajó los cargos en mi contra por profanar un cadáver y posesión ilegal de un arma de fuego. Como mi caso era tan único, el caso en la corte recibió exposición internacional, y aproveché esta oportunidad para contar la historia de mi familia y recordar al mundo el sufrimiento de mis compatriotas.

Un año después, mi sentencia en prisión terminó, e hice algo que debía haber hecho hace mucho tiempo. Regresé a Ruanda para visitar la tumba de mi familia, ubicada en un hermoso cementerio.

> "Lo hice. Maté al hombre que te asesinó y le recordé al mundo la difícil situación de nuestra gente. Cometí el asesinato perfecto."

Me arrodillé en la tumba, esperando que los espíritus de mis antepasados me escucharan y hablaran. "Lo hice. Maté al hombre que te asesinó y le recordé al mundo la difícil situación de nuestra gente. Cometí el asesinato perfecto. Admití el segundo asesinato de Patrick Bagosora, lo que convenció a la policía de que yo no fui quien realmente lo mató. De hecho, lo estaba. Le entregué un brebaje de margarita congelada con cianuro, la noche en que murió. Nunca lo vio venir, y los investigadores tampoco", dije y sonreí.

Mientras me relajaba en el hermoso cementerio y miraba la puesta de sol. Me sentí aliviada de haber cometido el asesinato perfecto y de haber encontrado finalmente la paz interior.

La Curiosidad Salvó al Gato.

Soy un gato castrado de ocho años. Mi compañero de piso me llama Edén, pero prefiero el nombre Chessboard, ya que soy un gato blanco y negro con un patrón de tablero de ajedrez en la piel. Mi compañera de piso se llama Angela, pero yo la llamo Grey-Mane, ya que es una vieja humana de pelo largo y canoso. Grey-Mane y yo hemos sido amigos durante años, ella me proporciona comida y refugio deliciosos, y a cambio, le doy compañía porque parece muy solitaria. Tengo una vida aburrida pero fácil.

Hoy, traté de despertarla como siempre lo hago. Pero algo era diferente. Tenía frío y no se movió. Reconocí el estado por los ratones que mato pero no como, ya que Grey-Mane me da mejor comida. Mi compañero de piso humano estaba muerto. Estaba triste por su muerte, pero sobre todo estaba preocupado. ¿Qué pasaría con mi vida cómoda y cómo encontraría comida? Ocasionalmente he visto gatos monteses. Viven vidas miserables, luchando continuamente por comida y territorio. ¿Cómo sobreviviría en tales circunstancias?

Sabía que tenía que encontrar un nuevo huésped humano, pero era un movimiento arriesgado. Si no les cayera bien a los humanos, me encerrarían y me matarían. Pero si intentara vivir por mi cuenta, me moriría de hambre y probablemente sería asesinado por los gatos monteses del vecindario. Así que, ideé un plan. Si pudiera contarle a otras personas lo que le pasó a Angela, sería un héroe, y ellos me acogerían.

Encontré el teléfono de Angela. La he visto hablar en él, así que creo que podría intentarlo. Intenté maullido en el teléfono durante media hora, pero no pasó nada.

Me di cuenta de que tenía que dejar el apartamento para buscar ayuda. Vivo en el segundo piso, pero la ventana estaba abierta, así que salí. Una vez en el suelo, vi la lavandería local. Pensé: "¿Quizás si presiono el botón alguien vendrá?". Sabía que el botón sería difícil de apretar y, por eso, salté de cabeza al botón para obtener suficiente energía. La máquina se puso en marcha e hizo ruido. El ruido llamó la atención de la lavandera. Ella bajó y habló:

"Oh, no eres el gato de Angela". "Miau Miau", contesté (odio mis cuerdas vocales limitadas). "¿Le ha pasado algo a Angela?", preguntó. "Miau miau miau", le contesté y empecé a mostrarle el camino al apartamento de Angela.

Por suerte, me entendió y me siguió hasta la puerta del apartamento. Le di mi maullido más agitado y llamó a la puerta varias veces. Finalmente, usó la llave de repuesto que Angela le había dado, entró y encontró el cuerpo de Angela. La señora de la limpieza, Helen, fue amable y me dejó quedarme en su apartamento. Ella también tenía un gato, así que ahora tengo un amigo gato, aunque a veces todavía echo de menos a mi querida y anciana Angela.

Reconocí el estado por los ratones que mato Mi compañero de piso humano estaba muerto.

100 Citas de Tinder!

'Sexo y otras necesidades fisiológicas'. Miré el libro que mi supuesta cita conseguida en Tinder estaba leyendo. Me sorprendió cuando sugirió que nos encontráramos dentro de la biblioteca, pero yo estaba aquí. A juzgar por el libro que tenia en sus manos, ¡podría ser una fecha prometedora!

"¿Emma?" Le pregunté, y ella dejó el libro y me sonrió.
"Hola. ¿Tú debes ser Geoffrey?" Emma respondió.
"Sí. ¡Interesante elección de libro!" Dije y guiñé el ojo.
"De hecho, este libro tiene muchos hechos ocultos que harán que se te caiga la papada", dijo Emma de manera seductora.
¿"Papada"? ¿Qué quieres decir?" Dije, y me mordí la lengua dejando que mi ignorancia cambiara la dirección de esta prometedora conversación.

"Mandíbula. Como hacer que se te caiga la mandíbula. Hablando en sentido figurado, por supuesto", dijo Emma.
"Sí, por supuesto. Parece que las bibliotecas son buenas para aprender cosas. Llevo aquí menos de un minuto y ya he aprendido una nueva palabra". Dije y sonreí.
"Imagina lo que un par de horas conmigo te haría. ¡Te convertirías en un hombre nuevo!" Emma dijo excitada.

Reflexioné sobre la declaración de Emma. Definitivamente necesitaba convertirme en un hombre nuevo, y ella parecía

ser una maestra adecuada. Sonreí y dije: "¿Qué tal si tomamos un café en la cafetería de arriba? Por mucho que me gusten los libros, leer juntos no es una buena primera cita".

"Oh, claramente no has salido conmigo. Leer juntos puede hacer una noche muy interesante. Pero estoy feliz de tomar un café también." Emma dijo y sonrió.

Subimos y me acerqué al mostrador para pedir dos capuchinos. Cuando estaba a punto de pagar, me sorprendió una aterradora realización: No llevaba dinero en efectivo y no sabía en cuál de mis 24 tarjetas de crédito tenía cupo disponible. Había pensado en cortar las malditas tarjetas para evitar la esclavitud de la deuda indefinida, pero las necesitaba para mostrar mi estatus. Los pagos con tarjeta rebotaron varias veces, y me entró el pánico tratando de encontrar la tarjeta correcta. ¡Maldición, esta cita con Tinder resultó ser una copia de la cita de la semana pasada!

Eventualmente, Emma le dio al cajero un

billete de diez dólares y me sonrió con una sonrisa de satisfacción cuando llevamos nuestros cafés a la mesa. Desafortunadamente, nuestra conversación se vio inhibida por el ruido del tráfico y mi teléfono estaba zumbando. "No te preocupes por mí, contesta tu teléfono", sugirió Emma.

> A pesar de ser una abogada de éxito, ¡había asistido a 100 citas de Tinder consecutivas sin tener sexo!

A regañadientes respondí a la llamada. "¿Cómo estuvo tu cita?" preguntó Martin, mi amigo escritor.
"Todavía estoy en ello", respondí.
"Oh, mejor que no te moleste entonces", contestó Martin y colgó.
¡No me digas!' pensé, y me di la vuelta para hablar con Emma.

¡Emma se había ido! ¡Debe haberse escapado durante mi llamada! Lloré por dentro. A pesar de ser una abogada de éxito, ¡había asistido a 100 citas de Tinder consecutivas sin tener sexo!

Una Boda de Cuento de Hadas.

El aire estaba lleno de humo y anticipación. Mi mejor amigo se iba a casar, y sólo había una manera de celebrarlo: para festejar como si fuera el verano del 69.

Revisé mis notas. Estaba destinado a dar un discurso, pero no podía decidir lo que quería decir. Mi amigo y yo nos trineo duro, pero tuve que mantenerlo equilibrado ya que los forasteros podrían no entender nuestro sentido del humor.

La hermana sexy de mi amigo, que también era su novia, me habló sensualmente: "¿Tienes algún asesinato o ejecución planeada para la boda?". ¡Sí, la boda tuvo lugar en Westeros!
No sabía cómo responder. ¿Revelaría mi plan para envenenar al Rey y tomar el control del reino, o me comportaría con calma? Decidí revelar mi plan, haciendo que sonara como una broma. "Nada especial Danielle, sólo poner un poco de hierba dragón en el cáliz del Rey para encender la fiesta", dije y me reí. "Oh, me encantaría ver eso", contestó Danielle y guiñó el ojo mientras se alejaba para entretener a otros invitados.

El problema de bromear sobre el regicidio es que no sabes si la gente te apoya o no hasta que lo intentas. Pero puedo decirte una cosa, ¡las bodas de cuentos de hadas son increíblemente estresantes!

Cuando vuelvo a la Tierra, a menudo escucho a las mujeres hablar de cómo quieren una boda de cuento de hadas. No saben de lo que están hablando. He asistido a diez bodas de cuentos de hadas, y ha habido muertes en ocho de ellas. Regicidios, ataques de dragones,

hadas enojadas y dioses vengativos; ¡es un milagro que todavía esté vivo!

También he asistido a varias bodas en el mundo real. El incidente más significativo que he presenciado fue el de alguien rodando un tobillo. Se fija fácilmente con una bolsa de hielo. ¡Definitivamente menos aterrador que Morgor el Dragón Rojo!

Hablando de Morgor, ¿he olido humo? Entré en pánico porque no había traído mi espada ni mi varita mágica. Entonces me di cuenta de que estaba en el mundo real, y que el humo provenía de un pequeño incendio en la cocina, y que alguien había presionado el botón de alarma de incendio como precaución.

La alarma de incendios sonó y tuvimos que salir bajo la lluvia helada. La verdadera novia de mi amiga Sandra estaba molesta y lloró porque su

> "Regicidios, ataques de dragones, hadas enojadas y dioses vengativos; ¡es un milagro que todavía esté vivo!"

vestido estaba arruinado. Ella regañó a mi amigo Brian por la lluvia. "Soñé con una boda de cuento de hadas, y tú me diste esto", exclamó Sandra.

"Vive Silencia Noctis", dije y me di cuenta de que el hechizo de silencio no funcionaba en el mundo real.

"¿Eh?" Sandra contestó. "Bueno, al menos nadie murió", dije con voz tranquilizadora.

"No puedo creer que Brian te haya hecho su padrino", dijo Sandra y se fue furiosa.

Finalmente, el fuego se apagó y regresamos al lugar. Cuando entramos, Brian se me acercó: "Has pronunciado a Noctis una nota demasiado alta", dijo con voz desilusionada y volvió con su novia.

¡Un Partido de Tenis de Alto Nivel!

" ¡Skill!" Exclamé, mientras mi tiro de tenis perfectamente golpeado tocaba la línea de fondo, fuera del alcance de mi oponente Sebastián.

"¡Ah, cállate, eso fue pura casualidad!" Sebastián me sonrió.

Consideré la declaración de Sebastián. Hubo 11 buenos tiros en todo el partido de tenis, y habíamos estado jugando durante dos horas seguidas. Afortunadamente, no llevaba la cuenta de los malos disparos, no fuera que estuviera en un estado catatónico, o que hubiera destrozado mi raqueta por frustración.

Siempre tienes que recordar los aspectos positivos de la vida. Me digo a mí mismo que soy un autor exitoso, que mis libros han sido traducidos a nueve idiomas diferentes, gracias a los foros de libros en línea.

Sin embargo, no trato de recordarme a mí mismo que mis libros me han dado un total de sólo dos dólares.

Todavía sintiendo el zumbido después de mi tiro de habilidad, estudié la luna creciente que brillaba a través de la neblina que cubría las nubes. Brillaba más o menos tan brillante como las habilidades de tenis de Sebastián, que es bastante tenue. "¡Basta!", gritó mi voz interior. "Si Sebastián es malo, ¿cómo es que has perdido

cinco partidos de tenis seguidos con él?", continuó mi voz interior. Escuché esta voz de la razón y llegué a la conclusión de que tenía que vencer el obstáculo insuperable que había al otro lado de la corte. Era hora de recuperar mi honor como campeón de tenis de Raleigh Park. O al menos, ser el mejor jugador dentro de mi círculo de amigos.

"Tienes razón", admití mientras estrechaba la mano de Sebastián mientras cambiábamos de lado.

"Por supuesto. El último partido del partido. ¿Listo para asfixiarse y perder con el gordito, como siempre haces?" Sebastián sonrió con suficiencia.

"No, hoy será diferente", contesté, y volvimos a jugar.

> ¡Skill!" Exclamé, mientras mi tiro de tenis perfectamente golpeado tocaba la línea de fondo, fuera del alcance de mi oponente Sebastián.

Diez bolas más tarde, después de golpear la red, los árboles y el coche del vecino, llegó la oportunidad. La pelota rebotó perfectamente hacia mi raqueta. Me concentré en golpear la pelota, y conseguí el golpe perfecto. La pelota rebotó justo antes de la línea de fondo, inalcanzable para mi oponente un tanto inmóvil. ¡Una hermosa ganadora!

Sebastián se me acercó y habló: "Impresionante, no te ahogaste por una vez."

Asentí con la cabeza y contesté: "Ciertamente. Y tengo muchas más victorias por delante. Porque eso disparó a mi amigo; así es como una racha perdedora mata".

Lavado de Dinero en la Lavandería.

Estaba de mochilero por todo el mundo, y había estado en Sydney durante una semana. Un problema que siempre surge cuando se va de mochilero, es la lavandería, así que estaba buscando una lavandería. De repente encontré uno, que parecía barato y sucio, perfecto para mi presupuesto. Fui a la lavandería, y el lugar captó mi curiosidad. Una lavandería siempre tiene un empleado que le cobra por la lavandería o un sistema operativo de monedas, si no tienen personal, para asegurarse de que usted está pagando por los servicios, pero no pude encontrar ninguno de los dos.

Me acerqué a la máquina para estudiarla más de cerca; después de todo, tengo unos treinta y tantos años, y ésta podría ser una de esas lavanderías de alta tecnología en las que se paga con bitcoin o PayPal o Dios sabe qué. Examiné la máquina y, para mi sorpresa, se oyó un sonido de piano cuando presioné una de las teclas de la lava-dora. Presioné las otras teclas, y también se correspondían con teclas de piano diferentes. ¿Quién haría una lavadora como esa?

Pero entonces se me ocurrió la idea. ¿Y si la lavandería fuera una fachada para otra cosa, y si pudiera abrir la puerta secreta tocando una melodía específica? Me sonreí por tener una idea tan ridícula, pero aún así quería probarla.

¿Pero qué melodía tocaría? Recuerdo haber tocado Resident Evil en los noventa,

donde una de las puertas se abrió al tocar la Sonata a la luz de la luna. Me conecté a Internet para encontrar las notas de esa canción y empecé a intentar tocarla con los ocho botones de la lavadora. Después de mucho tiempo, finalmente lo hice bien, y para mi inmensa sorpresa funcionó, y se abrió un pasadizo secreto detrás de una de las lavadoras.

Sabía que era peligroso, pero tenía que seguir el pasillo para ver qué había del otro lado. Terminé en una habitación llena de montones de billetes diferentes. Claramente, me había encontrado con una operación de lavado de dinero en una lavandería. Qué apropiado. Me quedé paralizado cuando vi la cámara de seguridad filmando la habitación, pero también me obligó a tomarla. Sabía que los chicos malos habían visto mi cara y que necesitaba actuar. Llené mi bolsillo con billetes de 100 dólares y corrí al hotel a buscar mi pasaporte. Ni siquiera me molesté en empacar mis cosas, y en su lugar fui directamente al aeropuerto dejando el país. Justo antes de abordar mi avión a las Maldivas alerté a la policía sobre el paradero de la operación de lavado de dinero. Con suerte, eso impediría que los malos me encontraran.

Para cualquiera que condene mis acciones, sólo tengo una pregunta:
¿Qué habrías hecho tú?

Para cualquiera que condene mis acciones, sólo tengo una pregunta:
¿Qué habrías hecho tú?

La Búsqueda del Velo de la Pachamama.

Recogí la estatuilla plateada y brillante de la Pachamama que había guardado en mi mochila araña- da y desgastada. Miré a mi com- pañera Elaine y ella asintió. Esto era todo. Esta era la tumba sagrada de Pachamama, la di- osa inca de la Tier- ra, un alienígena zetano que había tomado una forma divina para ganar seguidores humanos.

Recogí el mapa de la tumba manchado de tinta que tenía. Este era el lugar; este era el lugar que Juan Pizarro había marcado. Aunque teníamos algo de lo que él carecía en 1540, teníamos la estatuilla que servía de llave al santuario interior del templo.

Miré la pared. Había una abertura, con la

forma exacta de la estatuilla que habíamos traído. Estaba a punto de insertar la figu- rita en el compartimento hueco, cuando oí la voz de Elaine: "Martin, tengo miedo. ¿Realmente estamos destinados a ver a una deidad muerta? ¿Y si no está muerta?"

"No te preocupes, Elaine. Los zetanos no son verdaderos dioses, y si Pachamama estuviera encerrada aquí hace siglos, ya habría perecido", respondí, pero sentí que el malestar de mi pareja me estaba influen- ciando.

Alejé mis miedos. Yo estaba aquí en una misión, y completaría esa misión. Inserté la figura en la abertura y esperé a que pasara algo. De repente, la pared se movió y reveló un túnel. Oí una voz chillona y penetrante, silbando cánticos sin sentido en un idioma alienígena.
"¿Qué es ese ruido?" exclamó Elaine.
"Es sólo una grabación. La Pachamama

probablemente lo usó para mantener alejados a los lugareños en el pasado", respondí con falsa confianza. "De todos modos, tenemos una misión, ¡y voy a entrar!" Continué.

"¡No voy a entrar ahí!" dijo Elaine obstinadamente.

"Oh, bueno, entonces iré yo mismo", respondí irritado y entré en el túnel.

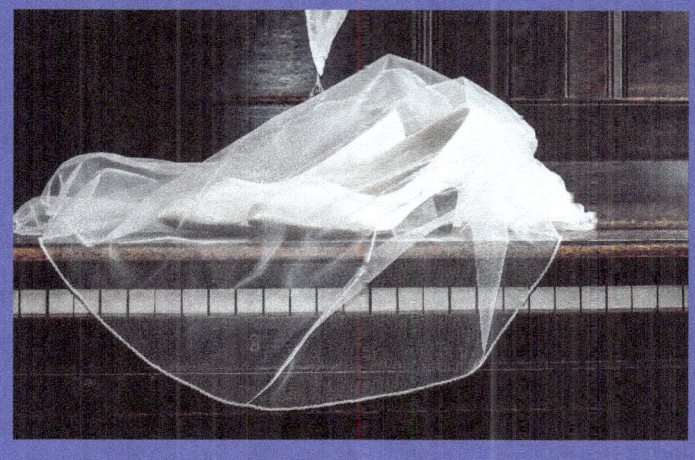

Al entrar en el santuario interior del templo de la Pachamama, me sentí abrumado por un olor dulce y picante. ¿De dónde viene el olor? Encontré la fuente del olor distintivo en el centro de la habitación, donde el cuerpo de la Pachamama yacía sobre un altar.

Elaine se me acercó: "¿Está muerta?", preguntó tímidamente.
"Así parece, pero sólo hay una manera de averiguarlo", respondí.
"¿Pero por qué un

cadáver olería así?" preguntó Elaine.
"Probablemente una tecnología de preservación Zetan", respondí mientras caminaba hacia la Pachamama y toqué su cuerpo. El cuerpo, que estaba frío y grasiento, me llenó de asco.

"¿Qué hago ahora?" Le pregunté a la voz en mi cabeza que me había seguido desde mi incidente en Nepal en 2022.
"Su misión aquí es adquirir el Velo de la Pachamama. Quema el cuerpo, la humanidad no está lista para descubrir la verdad."

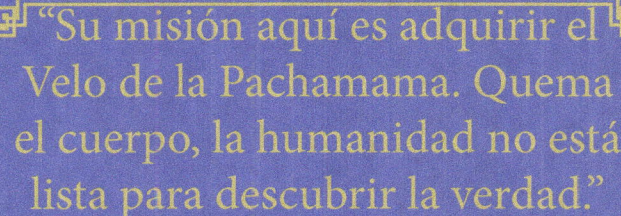

"Su misión aquí es adquirir el Velo de la Pachamama. Quema el cuerpo, la humanidad no está lista para descubrir la verdad."

"Sí, Emperatriz Rangda" contesté y tomé el velo. Cremamos el cuerpo de la Pachamama y salimos del templo sin decir una palabra. ¡Nuestra verdadera misión aún estaba por delante de nosotros!

El Primer Clon Humano.

Me llamo Martin Orchard y trabajo en un centro de investigación secreto. Oficialmente estamos trabajando en la tecnología de células madre para curar el cáncer, pero en secreto estamos desarrollando la tecnología de clonación, para que el escurridizo dueño de la compañía pueda vivir para siempre, cambiando los cuerpos como le plazca cuando el cuerpo actual se está desgastando.

Escaneé mi iris en busca de acceso al departamento secreto de clonación de nuestro laboratorio de investigación, y me reuní con mi excéntrico supervisor, Frank Van Stein. Estudió un feto vivo que crecía en una tina, emulando las condiciones de un útero humano. Lo estudié nerviosamente y se me acercó. "Clonación…" dijo deteniéndose un rato, antes de volver a hablar. "Es algo hermoso y terrible, y por lo tanto debe ser tratado con mucha precaución."

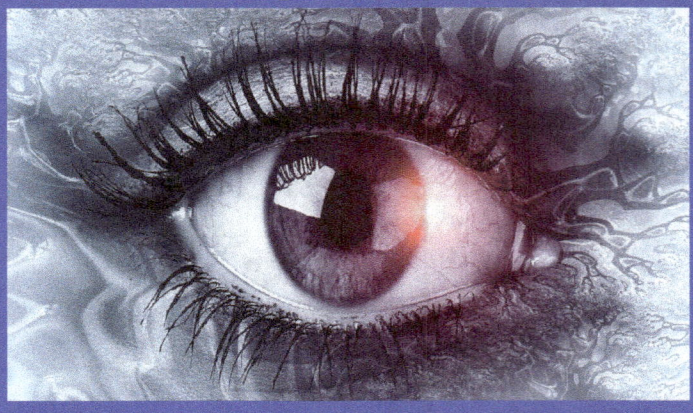

"¿Estás citando a Voltaire otra vez?", le pedí que se burlara de él.
"No, estoy citando a Harry Potter", respondió.

Me quedé en silencio un rato. ¿Por qué mi mentor citó a Harry Potter? No pensé en ello durante mucho tiempo mientras Frank hablaba de nuevo: "He aquí, el quinto hijo de nuestro misterioso benefactor. También, el primer niño que es un clon de él."

"Así que…" Empecé diciendo: "Nunca antes había hecho algo así".

Frank me frunció el ceño y me contestó con un tono irritado. "Afirmando lo obvio, ¿verdad?"

Me sentí ansioso por haber enojado a mi supervisor. Pero necesitaba saber más, había trabajado aquí durante seis meses, y me mantuvieron en la oscuridad. ¿Para quién estamos tra-

16

bajando? ¿Cuán secreta es nuestra investigación? ¿Cuál es nuestro objetivo final? Los sentimientos brotaban dentro de mí y ya no podía callarme.

"Frank, tienes que ser honesto conmigo. ¿Qué está pasando aquí?", le dije.
"No puedo decírtelo. Esa información es clasificada y está por encima de su nivel de autorización". Frank respondió.
Me enfadé con la respuesta de Frank y me desquité. "Me dirás lo que está pasando, o dejaré mi trabajo."
"No puedes renunciar", suplicó Frank.
"Sí, puedo", respondí, y antes de que Frank tuviera tiempo de decir algo, continué:
"¿Qué va a ser entonces, ¿eh?".
Frank respiró hondo para calmarse y respondió: "Tú eres…"
La respuesta de Frank me confundió.
"¿Soy qué?", pregunté.
"Usted es el jefe de esta compañía, Martin", respondió Frank sin rodeos.

"¿De qué estás hablando?" Le pregunté.
"Sígueme", dijo Frank, y yo lo seguí hasta la habitación con el más alto nivel de seguridad. Allí lo vi, mi cadáver en una cuba. "Perfeccionamos la tecnología de clonación hace muchos años, y usted murió en un accidente hace un año. Hace seis meses, tu clon renació, pero con los recuerdos de otra persona implantados". Frank lo explicó.

> "Perfeccionamos la tecnología de clonación hace muchos años, y usted murió en un accidente hace un año."

Entré en pánico mientras estudiaba mi cadáver, y mi cabeza daba vueltas. De repente me desmayé, y cuando me desperté, estaba en la cama junto a la hermosa mujer con la que me casé. Me sonrió y me dijo: "Buenos días, Daniel. ¿Qué te gustaría desayunar?"

El Alcalde de la Mansión Mayonesa.

"Knickknacks y otros recuerdos inútiles". Miré el signo con incredulidad y me di cuenta de que lo leí bien la primera vez. Finalmente, el dueño de una tienda con algo de auto-distancia, pensé y entré en la pequeña tienda. Había estado viajando a Nueva Zelanda con mi compañera Elaine durante una semana, y la oí exclamando vagamente: "No entres en una tienda con ese nombre, no tendrán nada bueno para vender".

Ignoré esta voz de la razón y entré en la tienda. Se me acercó un hombre que parecía uno de los hobbits de la trilogía El Señor de los Anillos. Medía un metro y medio, tenía un bigote espectacular y era manierista desde el siglo XIX. "Vaya, un auténtico neozelandés", pensé para mí mientras se me acercaba, con un frasco de mayonesa en la mano.

"Mayonesa de la Alcaldía", dijo el hombre y me mostró el frasco de mayonesa. "¿Qué clase de nombre es ése, y por qué querría un frasco de mayonesa?", pregunté desconcertado.

"Se llama así porque soy el alcalde de esta ciudad. Este pueblo es famoso por su mayonesa, y yo causaré el caos si no la pruebas y la compras", dijo el hombre como un hobbit.

Miré al hombre para ver si se trataba de una broma kiwi, pero él me miró con una cara seria, sin siquiera insinuar una sonrisa. No necesitaba un frasco de mayonesa, pero tal vez podría comprar otra cosa, pensé. ¡Miré a mi alrededor y para mi consternación, la tienda sólo vendía mayonesa!

El hombre estaba pisoteando impaciente con el frasco de mayonesa incómodamente cerca de mi cara. "¿Cuánto cuesta un frasco?", pregunté tímidamente.

"¡Ah, por fin un cliente!", dijo el hombre y sonrió con una amplia sonrisa sin dientes. "¡A-ha! Por esta mayonesa fina, sólo 20 dólares." El hombre contestó con orgullo. $20 por un poco de mayonesa, ¡qué estafa! Y ni siquiera lo necesitaba. "No me interesa", dije y me alejé un poco del hombre. "¡No desanimes a esta aldea, causando el

caos del alcalde!", advirtió el hombre con una voz hostil. Después de eso, golpeó el frasco de vidrio contra el suelo, salpicando mayonesa sobre nosotros dos.

"¡Al diablo con esto!", pensé y corrí hacia la salida, con el alcalde de la Mansión Mayonesa persiguiéndome. Perseguido por el hobbit enojado, olvidé mirar a mi alrededor al salir de la tienda y tropecé y caí de cabeza en una gran piscina inflable llena de mayonesa.

Cuando me levanté del barril, oí un eslogan familiar: "¡Sorpresa, estás en cámara oculta!" ¡Malditos kiwis! Afortunadamente, la regalía de mi corta carrera

televisiva financió otra semana de viajes, y pude ver mucho de la hermosa naturaleza del país, lejos de la población neozelandesa. ¡Hasta el día de hoy, mi compañera Elaine no ha dejado de reír!

"¡No desanimes a esta aldea, causando el caos del alcalde!", advirtió el hombre con una voz hostil.

Engaños de la Biblioteca.

Estaba en la biblioteca local, planeando trabajar en un ensayo escolar cuando el ácido se apoderó de mí.

Hice cola en la cafetería, donde un barman sin nombre, vestido como un vaquero, estaba operando la máquina de café. Miré fijamente las sucias manos de la camarera con un total de doce dedos. De repente, oí un fuerte ruido y la máquina de café se rompió.

"Lo siento, señor, pero la máquina de café está rota", dijo el camarero.
"¿Esto es un juego para ti? ¡Necesito ese café!" Me mofé del camarero.
"Lo siento, pero nuestro oficial de reparaciones mecánicas perdió su tren, y no sé cómo arreglar la máquina." El camarero se disculpó.
"Pero ¿debe haber alguien con las habilidades adecuadas por aquí?" Le pregunté.
"¿Qué tal si lo intentas?", sugirió el camarero.

Ahora, esta fue una sugerencia peculiar. No sé cómo arreglar una máquina de café

rota, especialmente cuando me quito el ácido de la cabeza. Pero me di cuenta de que este debe ser el plan divino, así que tuve que aceptar la sugerencia.

"De acuerdo. Desafío aceptado. Arreglaré tu cafetera con dos condiciones". Declaré.
"Por favor, dime. Hay una larga cola de autores descafeinados enojados y temo por mi seguridad". El camarero suplicó.
"En primer lugar, tenemos que crear el ambiente. Cambia la música de fondo a "Cartas de Cupido por Mochila Beige". Pedí
"¿Es una canción de verdad o me estás tomando el pelo?" El camarero respondió.
"Lo encontrarás en YouTube", respondí, dándome cuenta de que era hora de que el mundo experimentara mi excepcional creación musical.
"Lo encontré." El camarero dijo. Él encendió la canción y me dio una mirada de desaprobación injustificada. Claramente,

no era un hombre que apreciara la buena música.

"Ah. ¡Música para mis oídos!" Contesté y sonreí felizmente.

"Vale, psicópata. ¿Cuál es su segunda petición para arreglar la maldita máquina?" El camarero se mofó.

"Necesito que abras esta lata de pescado con olor acre. "Le contesté y le di al camarero una lata del infame plato sueco, surströmming.

El camarero abrió la lata y el olor a podrido hizo que corriera al baño. ¡Qué debilucho! Al oler el infame plato, me di cuenta de que ya no tenía hambre y dejé el pescado intacto.

Salté sobre el mostrador para empezar mi carrera como reparador de máquinas de café. Vi una gran carrera por delante, pero todo se vino abajo cuando me desmayé.

Me desperté unas horas después bajo custodia policial. Aparentemente, mi lata de surströmming había causado miedo a un ataque terrorista químico, ya que los australianos no están acostumbrados al olor. En lugar de convertirme en el héroe del día, me pusieron una fuerte multa por los honorarios de la policía y el vandalismo de una máquina de café. ¡Demasiado para tratar de ayudar!

> Aparentemente, mi lata de surströmming había causado miedo a un ataque terrorista químico, ya que los australianos no están acostumbrados al olor.

La Amenaza Enmascarada.

Ace Marcel Perouse tenía vistas al soleado Jardín Botánico Real de Sídney bajo la sombra de un árbol de Jacaranda. Ace se sentía como un tonto. ¿Por qué estaba afuera durante el apestoso día de calor, cuando era mejor dormir en una habitación oscura con el aire acondicionado encendido, a máxima temperatura fría?

Ace estaba aliviado y frustrado por el hecho de que no podía sudar. Sí sudaba, su traje negro de Cachemira, zapatos de baile de salón y guantes blancos, un sombrero grande y una máscara de ópera, se empaparía debido a la transpiración intensa. Pero al menos, su insoportable calor corporal se disiparía.

Ace se dío cuenta de cómo la gente lo miraba mientras pasaban. Había elegido un

atuendo inadecuado para mezclarse, pero no era su culpa. La relación especial de Ace con los espejos lo hicieron inconsciente con su apariencia.

Ace les dio a los que miraban una mirada depredadora, pero era débil para tomar a varios humanos en este estado. Si expusieran su piel al terrible sol, sería el fín de él. '¡Tengo que salir de aquí!' Ace pensó, y corrió a una parte vacía del parque. Durante la carrera, una parte del cuello de Ace quedó expuesto al sol, y esto le causó un dolor espantoso. 'Sigue adelante, sólo un poco más' Marcel se lo reiteró a sí mismo.

Ace llegó a una parte aislada del parque. Encontró algo de sombra bajo un árbol y se derrumbó en el suelo. Ace deseaba no estar solo en el mundo, que alguien viniera a cambiar su dolor.

Ace oyó a una mujer cantar. "Como el día se convierte en noche, todos nos uniremos. Traeremos armonía entre la oscuridad y la luz". Ace se sintió en paz consigo mismo. Sus visiones le habían dicho que la única manera de acabar con el hambre era alimentarse durante el día.

Ace estudió la fuente de la música. Una mujer vestida de blanco cantaba frente a un espejo. Así que se se movió sigilosamente hacia la mujer desprevenida. Él se preparaba para beber su sangre y poner fin a la maldición sobre él. Pero se distrajo cuando miró el reflejo de la mujer en el espejo, o mejor dicho, la falta de él. Ace jadeo audiblemente y la mujer se dió vuelta.

por lo tanto, cumplieron su promesa de boda de siglos antes, permanecer juntos hasta el final!

> "Como el día se convierte en noche, todos nos uniremos. Traeremos armonía entre la oscuridad y la luz".

"¿Jessica Lockhart?" exclamó Ace.

"Ace Marcel Perouse! Yo sabía que vendrías". Respondió Jessica.

"¿Qué está pasando?" preguntó Ace.

"Es hora de levantar la maldición de ese fatídico día". Repondió Jessica.

"Pero, ¿Como puedes exponer tu piel al sol?" preguntó Ace.

"No me convertí en vampiro. Me convertí en un angel. Así como sufres bajo el sol, Yo sufro bajo la luna". explicó Jessica.

"Entonces, ¿qué hacemos ahora?" preguntó Ace.

"¡Bésame como cuando éramos amantes, para acabar con la maldición!" suplicó Jessica.

Ace hizo lo que Jessica pidió y mientras se besaban, ambos se convirtieron en polvo.

La misión de Martin Puther en China.

❝¡Oye, Tú!"

Me congele mientras escuché a una mujer con acento chino gritándome. Me sorprendió que la mujer me haya gritado en inglés, pero asumí que mi cabello rubio y mi estatura alta me distinguían como un extranjero blanco. Me di la vuelta y miré a la guardia femenina de pie en la entrada secreta del laboratorio del gobierno. Su curtida piel reveló que fue castigada por el virus de Hei Bai.

"¡Está traspasando una propiedad del gobierno!" La guardia gritó.
"¿Y entonces, porqué no me disparó en la espalda?" Le respondí sarcásticamente.

La guardia se encogió, y apunto su rifle hacia mí. Me mordí el labio, no debería ser tan sarcástico estando tan cerca de la muerte, ¿por qué enfrentar la muerte con miedo?

La guardia bajo su arma y respondió. "¡No le dispararía al famoso Martin Puther, eres un héroe! Me encanto como salvaste al mundo del hombre con los Dientes de Oro".

Suspiré con alivio. Aunque debía ser un agente secreto de mierda, debido a que mi fama se extendió por el mundo, parecía que me había salvado por ahora.

"Gracias. Sí, salvar al mundo del malvado plan de Joseph Goldteeth fue toda una aventura". Le respondí.
"Sí. Soy una de tus mayores admiradoras. Mi nombre es Li-Na Peng", la guardia humildemente respondió.
"Puther, Martin Puther. Te estrecharía tu mano, pero…" le respondí, y miré las masivas ampollas en los brazos de Li-Na Peng.
"Entiendo. ¿Estás aquí para robar una muestra biológica del virus-C?", preguntó Li-Na.
No tenía sentido mentir bajo esas circun-

stancias, así que respondí. "Si. ¿Sabrías donde está?".
"Si, ven conmigo," Respondió Li-Na.

Li-Na abrió la puerta, y entramos en un estrecho pasillo. Al final del túnel, Li-Na escaneo su iris en un escáner ocular. Entramos en el santuario interno del laboratorio, el lugar donde guardaban la secuencia del ADN.

"Haré una copia del lote del virus. ¡Espera!" Li-Na declaró, y comenzó a escribir en una computadora.

"El debería haberte contado su malvado plan", le remarqué.
"¿Por qué crees que te estoy ayudando?" se burló Li-Na.

Estudié mi reflejo sobre una estatuilla plateada brillante. El vestir un esmoquin en lugar de ropa protectora parecía una tontería, me había salvado la vida, ya que mi fama había convencido a Li-Na de ayudarme.

> ¡No le dispararía al famoso Martin Puther, eres un héroe! Me encanto como salvaste al mundo del hombre con los Dientes de Oro".

El computador pitó, y la maquina sintetizadora de virus, arrojó un tubo de ensayo con el.

"Aquí. Toma este tubito Haz un antídoto y salva a la gente de China de la tiranía de mi padre", suplicó Li-Na.

"Esa estatuilla es de mi padre, el Presidente Jing Peng. El propagó el virus contaminando el suministro de miel China". Reveló Li-Na.

Una alarma sonó, y un grupo de comunistas enojados en enjambre me dispararon. Mi armadura corporal me salvo cuando le disparé a los guardias con mi pequeña, pero efectiva pistola.

Li-Na no tenía armadura corporal, y mientras ella moría en el piso, sus últimas palabras fueron. "Martin ¡Salva a China!"

La Eternidad puede esperar.

Mark Silver conducía su Mercedes, que compartía su color con su apellido. Mark pensó en su esposa, Joanna. Ella le había dicho que no se apresurara, y se quedara en el interior hasta que la furiosa tormenta pasara. Pero Mark no podía quedarse en casa. La esposa de Mark estaba dando a luz en el hospital, y el no perdería esta única vez en la vida, la oportunidad de compartir esta experiencia con ella.

Lleno de ansiosa anticipación, Mark no se dio de cuenta que el torrencial aguacero había causado un deslizamiento de tierra. Condujo directamente hacia el peligro, cuando el auto fue golpeado por el deslizamiento de tierra, y lo llevó a inclinarse sobre el borde de un acantilado.

Un golpe en la cabeza trajo de vuelta a Mark a sus sentidos. El golpe le recordó su corta temporada como boxeador para un evento corporativo de recaudación de fondos.

Cuando Mark, recobro la consciencia, la terrible verdad cayó sobre él. No se había despertado en un ring de boxeo rodeado por un hermoso salón de baile. En su lugar, estaba atrapado en un carro sumergido.

Mark trato de salir del coche, pero las características Premium del auto funcionaron en su contra. Múltiples bolsas de aire lo clavaron en su lugar, y no pudo abrir las ventanas por una falla eléctrica. 'Maldito coche, ¿Por qué no hay una palanca manual para bajar las ventanas?' fue el último pensamiento de Mark antes que todo se desvaneciera y se volviera negro.

"Bienvenido, Mark!"

Mark oyó la débil voz de una gentil mujer vieja que lo saludo. Mark abrió los ojos. Estaba en un hermoso jardín que se parecía al Jardín del Edén.
"¿Estoy muerto?" Mark se preguntó.

La anciana negó con la cabeza y respondió.
"No seas ridículo. La muerte es un estado no sensorial, igual a nunca haber nacido."
"¿Entonces, que es este lugar?" preguntó Mark.
"Cuando una persona muere, el cerebro queda activo durante unos pocos minutos. La privación de Oxigeno y la falta de entradas sensoriales crean una consciencia más alta. Debido a la falta de entradas sensoriales, estos minutos pueden sentirse como para siem-

pre." La mujer le revelo.

"¿Y qué pasa cuando muero?" preguntó Mark.

"Entonces no lo sabrás. No puedes experimentar tú propia muerte. ¡Eso es un oxímoron!" La mujer contestó.

"Bien. Entonces, ¿Quién eres, y que me puedes decir de este lugar?" Preguntó Mark.

"Soy un avatar de tu nivel más profundo de consciencia. Para ti, soy Gaia, pero puedo tomar cualquier forma." Respondió la mujer.

"¿Y qué pasará con mi esposa y mi hijo?" Preguntó Mark.

Gaia se pauso por un instante, y respiró profundamente antes de contestar. "Mark. Tú eres estéril, y no puedes engendrar hijos. Tú sabías esto. En cuanto al niño que su esposa está dando a luz mientras hablamos, le cerraste tú corazón a ella." Contestó Gaia.

Al oír esto, Mark se lleno de ira y repartió golpes a todos lados. "¡Esa perra! Sabía que me estaba engañando".

Gaia negó con su cabeza, agarro la mano de Mark, y lo miro a sus ojos. Mark se calmo. No había razón para entrar al más allá con ira. "Le diste a Joanna una elección imposible. Tú anhelabas un hijo aunque tú semilla fuera estéril. Ella hizo lo que hizo para hacerte feliz." Explico Gaia.

Mark estaba a punto de responder cuando su visión comenzó a parpadear.

"¿Me estoy muriendo?" Resolló Mark.

Gaia negó con su cabeza, y todo se desvaneció en negro.

La aparición de una luz blanca muy brillante hizo que los ojos de Mark ardieran. Se des-

pertó, y los miembros del personal médico lo rodearon.

"! Está vivo! ¡Es un milagro!" Exclamó uno de los doctores. Mark se sintió mareado y se desmayo de nuevo.

> La aparición de una luz blanca muy brillante hizo que los ojos de Mark ardieran. Se despertó, y los miembros del personal médico lo rodearon.

Joanna y su hija recién nacida, Jasmine visitaron a Mark más tarde el mismo día. Mark sabía lo que tenía que hacer. Gaia no le había traído de vuelta a la vida por nada.

"! Joanna, Se que Jasmine no es mi hija biológica ¡" declaro Mark.

La expresión facial de Joanna cambio, y su sonrisa forzada desapareció.

"Aún te quiero, Joanna. Sé de mi infertilidad. Yo estaba en negación antes, pero me doy cuenta de por qué hiciste lo que hiciste. Quiero amarte a ti y a Jasmine como mi propia hija ¿si me dejas?" Dijo Mark exaltado.

Joanna no respondió. No había necesidad de palabras, y ambos sollozaban en los brazos del otro. Ambos habían recibido un Nuevo contrato de arrendamiento de la vida ese día, y se amarían el uno al otro con su hija más que nunca.

Serendipia salvó al Pirómano.

'**3** :00, 2:59. 2.58'

Miré el temporizador de la bomba que había puesto en la central eléctrica de Blackwater. Esto era todo. Yo, Samuel Thistlethwaite, ya no podía vivir con mi secreto. Algunos años antes, había cometido un incendio premeditado, dando cabida a uno de muchos incendios forestales que arrasaron el 2019. Mi crimen terrible había destruido mi ciudad natal Honeywood, así como matado a lo que más me importaba. Mi único amor verdadero, Sally Swallow, una compañera huérfana del orfanato había perecido en el fuego.

Había mantenido mi crimen en secreto a través de los años. En cambio, me había reinventado a mí mismo, y aprendido a usar mentiras para salir adelante en la vida. Las mentiras me habían llevado a la cima. Al menos a la cima de Blackwater. Como concejal de la ciudad, había convencido a mis electores que la mejor manera de evitar los incendios forestales era el talar los bosques cercanos. Mis acciones habían mantenido a Blackwater segura, aunque resaltaban el

hecho de que las Cacatúas Negras se extinguieran. Un sacrificio que valía la pena, pues había contado con que en ese momento, todavía quedaban Cacatúas Blancas.

Un día me había enfrentado a una epifanía, cuando vi un dibujo olvidado de Sally alimentando a una Cacatúa Negra. Me había dado cuenta de la insensatez de mi vida. No sólo había causado la muerte de mi amor, sino también había matado a los animales que ella amaba. ¿Y por qué razón?

Me había dado cuenta que matarme y destruir la sucia planta de energía era la única forma de redimirme. La destrucción era todo lo que conocía, así al menos podía destruir cosas terribles para crear un mejor mundo.

'1:00, 0:59, 0:58'

"Estrella centelleante, ¿dónde estás?" Le escuche a una niña decir.
Me di cuenta que había dejado la puerta abierta, y una joven se encontraba buscan-

do a su mascota en la abandonada planta de energía a punto de explotar. Me di la vuelta, y una cacatúa negra se poso en mi hombro. "¡Desactiva la bomba!, ¡Desactiva la bomba!" La Cacatúa gorjeo y grito. Me puse de rodillas y rápidamente desactive la bomba.

La chica me descubrió. "Ah, ahí estás, Estrella Centelleante". Ella exclamó Felizmente.
Tan pronto la vi, grite, "¡Que estás haciendo aquí, niña! Este no es un lugar para niños".
"Lo siento, la puerta estaba abierta, y mi ave voló adentro. Mi mamá me espera afuera". La chica respondió, corriendo hacia afuera. Perseguí a la chica y salí fuera de la central eléc-

trica. Allí la vi, Sally, con su cara cubierta de quemaduras de tercer grado.

"Sally, ¿estás viva?" Exclamé.
"Si, He estado lejos", replicó Sally.
Me desplome de rodillas. "Lo siento, Sally. Comencé el incendio que te mutilo en 2019". Gemí.
"Lo sé, pero me estoy muriendo, y Ciri necesita a su padre". Sally resolló, y entonces se colapsó.

Consolé a Ciri. Aunque era un día terrible, Serendipia había salvado mi vida, y le había dado un propósito para seguir adelante.

> "¡Desactiva la bomba!, ¡Desactiva la bomba!" La Cacatúa gorjeo y grito.

Caos Navideño.

'Eres el Próximo!'

Terminé de escribir la nota con la sangre de mi adversario caído. Puse su dedo cortado junto con la carta en un sobre que enviaría por correo a mi mayor enemigo. Se lo enviaría al Dictador Rojo del Polo Norte, también conocido como Santa Claus.

Yo había nacido en la esclavitud. Ni siquiera sabía quienes eran mis padres. Tal era la situación de los elfos que trabajaban en las instalaciones secretas en el Ártico del Dictador Rojo. Para el mundo exterior, Santa Claus era un mito, pero para mí y mis compañeros elfos esclavizados, él era una realidad brutal.

Por supuesto, la mayoría de nosotros no veíamos la realidad. De lo contrario, nos habríamos revelado hace siglos. La mayoría de mis compañeros elfos, servimos a

un propósito. Trabajar incansablemente como un colectivo, fabricando regalos para recompensar a los niños que se portaran bien. Pero ¿cuando fuimos NOSOTROS recompensados? ¿Qué había de nuestras esperanzas y sueños?

Las cosas habían sido más fáciles en el pasado. Por los primeros 300 años de mi vida, no sabía de algo más. Teníamos reuniones diarias, donde nos formábamos en líneas, y entonabamos cánticos de navidad donde alabamos a nuestro Gran Dictador Rojo. Me dí cuenta que Santa Claus usaba las mismas tácticas de propaganda de Hitler y Jong-Un, para lavarles el cerebro a sus poblaciones.

Mi iluminación me llegó por una coincidencia. A nosotros los elfos no se nos permitía jugar con los juguetes que producíamos. Pero un día accidentalmente golpeé y cayó uno de los regalos de la cinta transportadora. Cuando lo

recogí, no lo puse en la cinta de vuelta. Me sentía obligado a averiguar lo que era. Le dije a mi supervisor que estaba enfermo, y que no podía trabajar. Fué una elección riesgosa. Si Santa me consideraba prescindible, me echaría afuera en el frío ártico. Allá afuera, moriría de hipotermia o me comería un oso polar. Pero tenía que saber lo que era ese dispositivo.

Encendí la tableta, y fui dándole click a diferentes enlaces. El mundo era hermoso, y contenia tanto para ver. Tantos lugares que Santa no me había permitido ver. Los niños a los que servimos llevaban una vida más feliz que nosotros, esclavizados por nuestro terrible Dictador Rojo.

> *I had been born into servitude. I didn't even know who my parents were. Such was the plight of the elves working in the Red Dictator's secret Arctic facility.*

poderosa con habilidades de detener el tiempo, capaz de entregar millones de regalos en una sola noche. Yo era simplemente un siervo intrépido e impotente. Ya no importaba. El tiempo había llegado. ¡Santa debe morir!

Hoy había decidido actuar. Erá ahora o nunca. Había atraído a la Señora Claus a una trampa, bajo el pretexto que estaba organizando una parrillada de salchichas. Ella estaba muerta fuera de nuestro complejo secreto ahora, escondida debajo de la noche ártica. Pero necesitaba enfrentar a mi peor enemigo.

Me dí cuenta que no saldría vivo de esto. Mi enemigo era una entidad

El ascenso y la caída de Melchriess.

*C*hapoteo*

Un globo de agua lleno de pigmento amarillo golpeó a la hermana Cherise de Mont Blanc en la parte posterior de su cabeza. Esto la interrumpió mientras rezaba a un ícono de San Martín en un pequeño santuario en los Alpes franceses.

"Jaja. ¡Pareces un limón! Bromeó el sinvergüenza local pubescente Jacque de Ville de Mer.
"Querido padre, por favor dame la fuerza para retener al demonio que acecha dentro de mí". Cherise murmuró. Ella sabía que sus oraciones eran en vano. Cherise se había convertido en la principal exorcista de su región, y había dominado a docenas de demonios en los últimos años. Contrariamente a la creencia pública, esto no era un signo de favor divino. Era prueba de lo contrario. El talento de Cherise para el exorcismo se debía a que su demonio interno era muy fuerte.

"No te veas tan enojada, Cherise. Es solo

una broma y este color se quitará fácil ", bromeó Jacque.

Cherise respiró hondo pero no respondió. ¿Por qué era tan difícil controlar al demonio?

Jacque se acercó a Cherise, y él comenzó a desatar su delantal. "Entonces, Cherise. Permíteme ayudarte a quitarte la ropa mojada mientras mojas aún más algunas otras partes". Jacque sedujo.
"No deberíamos, ¿y si alguien nos ve?" Cherise se opuso.
"Tsk, Tsk. El miedo a la detección le añade picante a esto". Jacque se rio entre dientes. Cherise se rindió, se quitó la cinta de pelo y se soltó. Era hora de abrazar al demonio dentro.

Jacque bajó los pantalones de Cherise y la folló como si estuviera poseído, lo cual era en efecto, un hecho. El demonio interno de Cherise se aseguró de ello. Cuando Jacque eyaculó, Cherise se dio la vuelta y rasgó la garganta de Jacque con sus afilados dientes, matándolo.

Esta fue la clave para liberar a la demoníaca Melchriess. Melchriess era el demonio del asesinato de pareja, y al hacer que Cherise matara a Jacque después del sexo, ella había regresado a nuestro mundo. Melchriess agotó la fuerza vital de Cherise, y ella dejó físicamente el cuerpo desnudo sin vida junto al de Jacque.

"¿Cómo te atreves a profanar mi santuario, malvado demonio?" Melchriess se dio la vuelta. El fantasma de San Martín había aparecido unos metros detrás de ella. "Bah, ¿cómo se atreve a molestarme un espíritu menor?" Melchriess se burló. "Olvidas dónde estás parado. Este santu-

Cuando Jacque eyaculó, Cherise se dio la vuelta y rasgó la garganta de Jacque con sus afilados dientes, matándolo.

ario me hace poderoso". Martín respondió. "Bah, el santo patrón de los pobres, versus el demonio del homicidio de pareja. ¡No me hagas reír! " Se burló Melchriess. "La compasión me hace fuerte". Martín proclamó mientras le daba un abrazo al desconcertado Melchriess. "Estoy listo, señor!" Martín susurró. Un destello de relámpago golpeó su cuerpo, evaporó tanto al santo como al demonio, y colapsó el santuario.

Y eso es lo que yo, Michael de Baloo, presencié cuando el señor destruyó nuestro santuario sagrado.

Teocracia con un lado positivo.

"Cinco, cuatro, tres ..."
"¡Espera, te diré lo que pasó!" Le rogué al director Agnes.
"Está bien, Sandra. ¡Dime qué son estas pastillas! Instó Agnes.

Este fue un dilema para mí. Bajo el gran clérigo Mitchell Cent, los anticonceptivos eran ilegales en los EE. UU ya que el sexo solo estaba permitido para la procreación. Esto no impidió que los anticonceptivos inundaran las fronteras y reemplazó a la cocaína como la mayor importación ilegal a los Estados Unidos.

"Esto parece anticonceptivos. ¡Blasfemia contra la voluntad de Dios! Agnes acusó.

Lloré. Necesitaba sentir cercanía y tener relaciones sexuales con mi novio, Andrew, pero solo tenía 17 años y no podía quedar embarazada. Soñé con ir a la universidad, viajar y mantenerme por mí misma. No tenía ganas de quedarme en casa, y sintiéndome como una simple máquina de hacer bebés, mientras que la Inteligencia Artificial y la automatización hacían todo

el trabajo en la sociedad.

"Pero director supremo Agnes, ¿no tuviste sexo en tu juventud? ¿No se sintió bien tener derecho a hacer lo que querías con tu propio cuerpo? " Supliqué.
"Sí. Pero eso fue en los malos días de las libertades civiles. Cuando el gran clérigo Mitchell Cent llegó al poder, las cosas cambiaron. Nos dimos cuenta de que el sexo para fines no reproductivos era una ofensa al orden natural. Es por eso que reemplazamos las viejas leyes con el decreto religioso del Gran Clérigo". Agnes reveló.
"¿Pero no disfrutaste del sexo en tu juventud sin preocuparte por el embarazo?" Yo pregunté.
bofetada

Mi cara picaba y se puso roja cuando Agnes me abofeteó con una cantidad de fuerza sorprendente. A pesar de tener más de 70 años y un aspecto frágil, la directora Agnes sacó mucho coraje de su celo religioso. Me mordí la lengua y temí que ella contestara el teléfono y me denunciara a la policía religiosa. En cambio, me sorprendió cuando la directora Agnes

comenzó a llorar. Aunque su reacción me sorprendió, no pude evitar abrazar a mi vieja atormentadora y consolarla.

"Sabes, todo va a estar bien". Susurré.
"Solía ser como tú". Agnes lloró.
"¿Dime lo que sucedió?" Yo lo alenté.
"Estaba disfrutando del sexo con anticonceptivos hasta los 27 años. A esa edad, quería tener hijos con mi esposo John. Fue entonces cuando descubrí mi cáncer de cuello uterino. Ahora soy vieja, estoy sola y no tengo hijos ni nietos. Esto sucedió porque participé en actos impíos en mi juventud ". Agnes expuso.

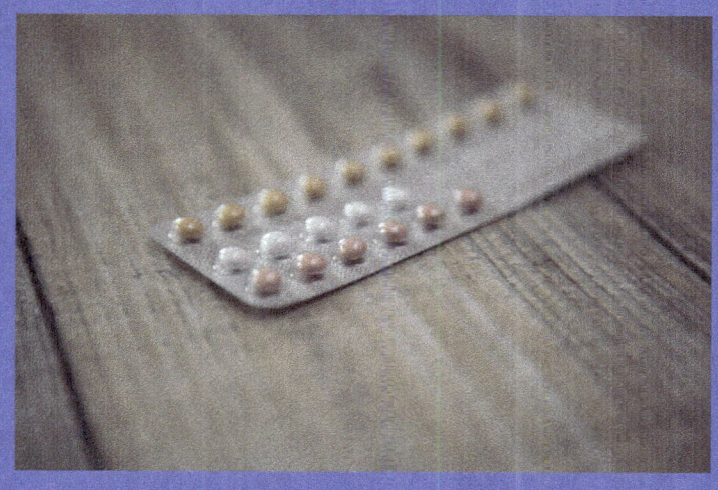

"¡Dios bendito! Finalmente tengo la nieta que siempre he querido. Te proporcionaré los anticonceptivos. Mientras oremos todos los domingos". Agnes respondió.

"Pero no tienes que estar sola. Mis abuelos están muertos. Puedes ser mi abuela adoptiva. Sugerí.
"¿Te gustaría eso?" Agnes preguntó.
"Sí, a Andrew y a mí nos encantaría asistir a las cenas de los domingos contigo". Me entusiasmé

"Sí. Pero eso fue en los malos días de las libertades civiles. Cuando el gran clérigo Mitchell Cent llegó al poder, las cosas cambiaron. Nos dimos cuenta de que el sexo para fines no reproductivos era una ofensa al orden natural.

Asentí y sonreí. Aunque no me gustaba rezar, la directora Agnes había aceptado protegerme y por ahora, podía vivir mi vida. Siempre había un lado positivo en todo.

Jenga Yuxtapuesta.

"Los movimientos yuxtapuestos son la mejor manera de crear tensión en el Jenga". Declaré mientras sacaba un bloque de madera del juego gigante de Jenga que era la pieza central del lugar, y lo colocaba junto a otro bloque. "¿De qué demonios estás hablando, puta?" Se burló la miembro del cártel boliviano Amanda Ramírez.

Estudié a mi capataz tatuada. Ella tenía un cuerpo fantástico y unos tatuajes geniales. Si no fuera por el machete en su mano, la pistola metida en sus pantalones, y la mirada sombría en su cara, hubiese querido disfrutar de alguna sesión de gimnasia en el dormitorio con ella.

Siendo Paula Puther, la hermana del experimentado agente australiano, Martin Puther, estoy acostumbrada al peligro. Pero nunca antes me había metido en problemas de esta manera. Estaba en Bolivia y llegué tarde a mi paseo en barco por el lago Titicaca después de haberme deleit-ado con la especialidad local, las salteñas. Demasiada consternación, entonces perdí el barco. Cuando me estaba pateando a mí misma por mi glotonería y mi mala puntería, escuché unos buenos beats provenientes de un club cercano. "¡Ve maricona!" Amanda dijo, lo que aparentemente no significa "Por favor, pasen, está abierto".

A pesar de nuestras dificultades lingüísticas, terminamos jugando al Jenga para pasar el tiempo. Amanda esperaba que su jefe le dijera si me mataba o no, mientras yo esperaba que mis irresistibles encantos hicieran efecto. Esperaba que mi encanto nos hiciera participar en la copulación en lugar de asesinarnos mutuamente.

Mis encantos no parecían funcionar muy bien en este día en particular, y la torre parecía estar precariamente a punto de caerse. ¿Qué podía hacer para salvar el día? Recordé que me había dado un atracón viendo a Lucifer durante los cierres del coronavirus, y decidí intentar su movimiento característico sobre mi enojada, pero sexy secuestradora. La miré fijamente a los ojos y le pregunté. "Amanda, dime. ¿Qué es lo que deseas?" La miré fijamente a los ojos durante varios segundos, esperando el resultado ideal. Pero No sucedió.

Mi espeluznante mirada enfureció a Amanda y ella gritó: "¡Deja de mirarme a los ojos, cabrona!"
Pensé en disculparme, pero me interrumpieron cuando el jefe de Amanda la llamó. No entendí mucho al escuchar su llamada, pero una palabra sobresalió: "Matarla".

Al darme cuenta de que no tendría sexo hoy, decidí irme a cómo diera lugar. Al ver esto, Amanda me persiguió con su machete. Esquivé su balanceo y la hice tropezar en el juego del Jenga gigante, haciendo que se derrumbara sobre ella. ¡Esto la dejó inconsciente y yo estaba libre, finalmente! Pensé en ser una buena chica y cuidar de mi enemigo sometida, pero me di cuenta de que prefería salir de aquí con vida. Caminé hacia la puerta, y antes de irme, exclamé "¡Jenga!"

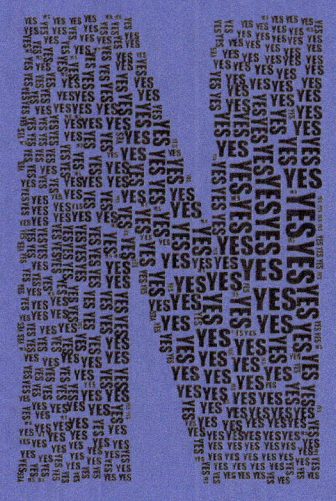
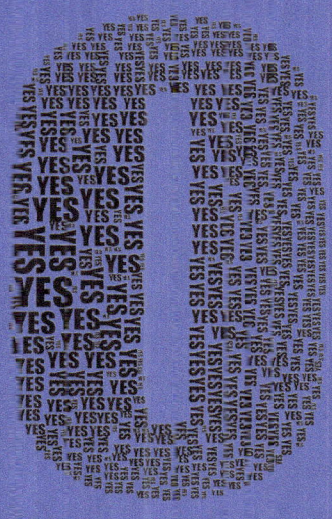

> Mi espeluznante mirada enfureció a Amanda y ella gritó: "¡Deja de mirarme a los ojos, cabrona!"

Fin

De un funeral a una boda.

"¡No! Dominic, ¿por qué tuviste que morir?" Lisa exclamó y cerró de golpe su ataúd en la asamblea De la Iglesia que estaba llena.

Dominic Morell era un famoso comediante y Lisa había asumido que estaba bromeando cuando llamó desde el hospital para decirle que se estaba muriendo. Había afirmado que se estaba muriendo a causa de la exagerada gripe que el gobierno usaba para controlar a las masas ignorantes. Sin embargo, aquí estaba ella, asistiendo al funeral de su prometida, y lo peor de todo, el funeral fue el mismo día en el que había planeado de su boda.

Dominic había querido que las cosas fueran así. Sus últimas palabras sobre la reunión por Zoom habían sido: "Por favor, asegúrense de usar nuestra reserva del día de la boda para mi funeral. No quiero pagar dos veces a la iglesia". Dominic había muerto solo en aislamiento bajo el decreto de "forzar a la gente a morir sola en aislamiento" de Scurry Morrissette del 2020.

Lisa aclaró su garganta y miró a los amigos, parientes y miembros de la prensa que la atendieron. "Dominic fue un gran hombre y estoy conmocionada por su muerte. Esto nunca debió suceder. Teníamos la intención de casarnos en este mismo día." Lisa se quejó y empezó a llorar. Los repetidos flashes fotográficos le picaron en los ojos y miró a la multitud con los ojos vacíos.

"Hola. Estoy atrapado entre una roca y un lugar profundo. ¿Puede alguien por favor sacarme de aquí? ¡Llego tarde al día de mi boda!" Dominic gritó desde el interior del ataúd.

Lisa se sintió conmocionada, pero oír la voz de Dominic también la llenó de esperanza. Agarró un par de tijeras y cortó la cinta que envolvía el ataúd. Lisa respiró profundamente. Esperaba ver a Dominic vivo y coleando con una sonrisa tonta. Sin embargo, temía que hubiera muerto a causa de una gripe exagerada después de todo, y le había dejado una grabación como su última broma.

Lisa abrió el ataúd y Dominic se levantó con una gran sonrisa. "Hola Lisa, ¿estás emocionada por el día de nuestra boda?" Dominic vitoreó.
"¡Estás vivo! Pero, ¿cómo sucedió esto? ¿Disté positivo en la prueba de la gripe y parecía que te estabas muriendo la última vez que te vi?" Lisa se preguntaba.

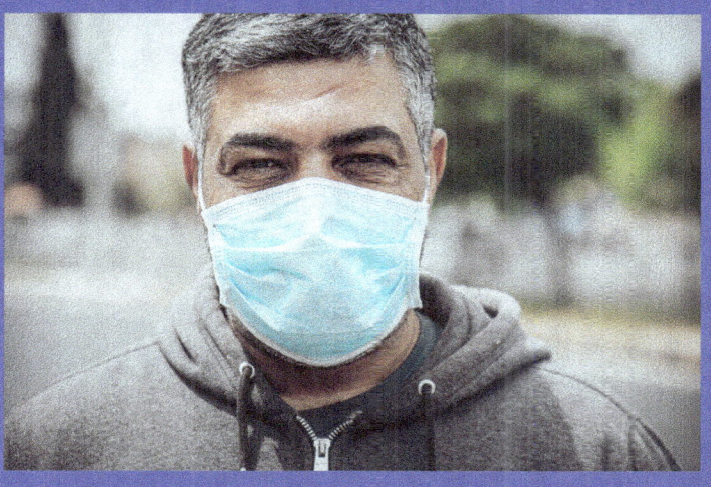

"Sí. Resultó que sólo tenía resaca y la enfermera testeó a una papaya por error". Dominic dijo.
"¿Pero por qué fingiste tu muerte?" Lisa preguntó.

> Scurry se enfrentó a un trágico final. Enojado por la broma, se ahogó accidentalmente con su mascarilla y murió.

"Temía que Scurry intentara prohibir mi boca. Pero sabía que él no prohibiría mi funeral. Así que pensé que podía gastarles una broma a todos organizando una boda disfrazada de funeral." Dominic explicó. "Esto es pura genialidad. Por eso te amo." Lisa exclamó y besó a Dominic.

Después de la boda, Lisa y Dominic vivieron felices juntos durante muchos años. Scurry, por otro lado, se enfrentó a un trágico final. Enojado por la broma, se ahogó accidentalmente con su mascarilla y murió.

Deja salir al gato de la bolsa.

Mi nombre es Smokey y soy una felina de cuatro años. Estoy viviendo con el humano más excéntrico, John. Todo lo que hace es mirar su computadora y presionar los botones. No puedo comprender cómo puede estar satisfecho con una vida tan triste. Mi vida es mucho más emocionante. La comida es abundante y hay cinco lugares perfectos para tomar una siesta en el apartamento de John. ¿Qué más puede querer una niña?

Mi único problema con mi sirviente humano es que es sordo. Por lo tanto, pedirle comida no dará buenos resultados. En cambio, tengo que golpearme contra él para salirme con la mía, algo que a menudo entiende como una necesidad de abrazos. Bah, ridículo. Pero como dije, mucha comida y cinco lugares cómodos para tomar una siesta. La vida podría ser peor.

Me desperté de una agradable siesta cuando escuché un chillido. ¡Era un ratón! Aunque John nunca lo dijo explícitamente, supuse que matar ratones era parte de la descripción de mi trabajo.

Me escabullí hacia el ratón cuando tuve una epifanía; que escabullirme hacia un roedor

fue el momento más emocionante que he tenido en años. Mucho más interesante que ver a John mirando su computadora. ¿Qué pasaría si pudiera hacerme amigo del ratón para poder jugar a las escondidas todos los días? Eso haría que mis ocho años restantes fueran mucho más interesantes que si matara al ratón.

Me acerqué al ratón y dije "Miau". Esto fue un poco inarticulado, ya que quería decir: "Hola, mi nombre es Smokey. Estoy sola y aburrida. Seamos amigos."
El ratón dijo: "Pip más un chirrido" y salió corriendo. ¿Qué grosero fue eso? Los malditos ratones no tienen modales. ¡Esperaba una presentación adecuada!
Me di cuenta de que podría haber una barrera de comunicación entre nuestra especie. Solo había una forma de arreglarlo. Perseguir al ratón y mantenerlo atrapado mientras le explicaba mis intenciones. No sería fácil, pero no tenía nada mejor que hacer.
Dicho y hecho, me di a la casa del ratón. Después de una corta persecución, lo alcancé. La sostuve con mi pata delantera derecha mientras retraía mis garras para asegurarme de no lastimar a mi nuevo amigo. Miré a los ojos del ratón y hablé.
"Miau miau."

"PIP pip."

"Miau miau."

Después de nuestra infructuosa conversación, el ratón fingió estar muerto. Que broma. Podía sentir su pulso. Pero luego me preocupé. ¿Y si hubiera matado involuntariamente al ratón? Quité la pata del ratón y me di cuenta de por qué este no era un buen curso de acción.

"* Beep!" Dijo el ratón, me mordió la nariz y salió corriendo.

Me di cuenta de que no haría un nuevo amigo hoy. ¡Era hora de hacer mi trabajo y matarlo! Perseguí el ratón que saltó a la bolsa de John para esconderse. Salté detrás del ratón, pero cuando me metí en la bolsa, se inclinó y se cerró. Torpe.

"Miau, Miau, Miau", grité, pero fue en vano ya que John era sordo.

Afortunadamente, estaba atrapada en un espacio confinado con el ratón, y teníamos suficiente tiempo libre para resolver nuestras diferencias culturales. Aprendí que el nombre del ratón era Squeaky y que había tenido 72 hijos. Pero los había dejado a todos en Asia, cuando abordó un barco de contenedores a Australia.

Me sentí un poco celosa ya que el ratón tenía tantos niños y yo no tenía ninguno. Por fortuna, no tenía que temer por mi vida y comer de entre los contenedores de basura, así que eso fue todo.

Finalmente, John recogió la bolsa en la que estaba y se dirigió al trabajo. Pensé en sacudir la bolsa para alertarlo de mi presencia, pero decidí no hacerlo. ¡Squeaky había llevado una vida tan interesante, y no podía esperar para ver el mundo exterior también!

Después de un rato, John dejó la bolsa y pude escuchar que estaba tocando un teclado en el trabajo, como siempre. ¡Qué vida tan aburrida lleva el hombre!

Después de un rato, oí una voz femenina: "John, ¿puedes venir a mi oficina y mostrarme tu último prototipo?"

John tomó su bolso y lo dejó sobre una mesa. Abrió la bolsa y recogió a Squeaky mientras miraba a su jefe.

"¡Eeek! ¿Por qué me das un ratón? El jefe gritó.

"¡Oh! ¿Qué es eso?" John gritó y arrojó a Squeaky contra la pared. Me levanté para asegurarme de que Squeaky estuviera bien.

"¡Miau miau! (¿Alguien puede traer un veterinario, por favor?) " Maullé.

Pero no vino ningún veterinario. En cambio, una ambulancia llegó un rato después y llevó a la jefe de John al hospital. Al parecer, la jefe de John tenía una alergia severa a los gatos, ¿quién podría haberlo adivinado?

Al final, Squeaky y la jefe de John sobrevivieron a la terrible experiencia, pero John perdió su trabajo debido al incidente. Eso significaba que tenía más tiempo para acariciarme y hacerme compañía. A veces, suceden cosas buenas cuando se saca al gato de la bolsa.

El fin

> In the end, Squeaky and John's boss survived the ordeal, and John lost his job because of the incident.

Si disfrutas de mi estilo de escritura, mira mis novelas. Mis libros están disponibles como libros electrónicos, audiolibros, libros de bolsillo y tapa dura. Por favor visita mi sitio web: www.martinlundqvist.com

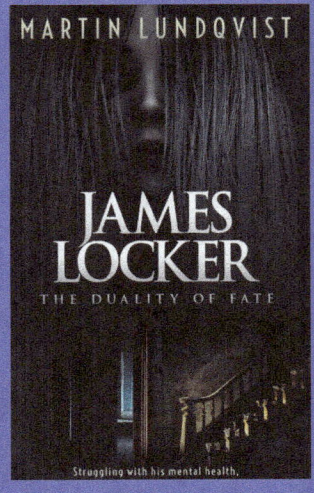

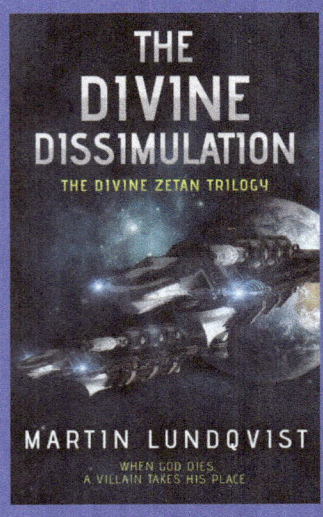

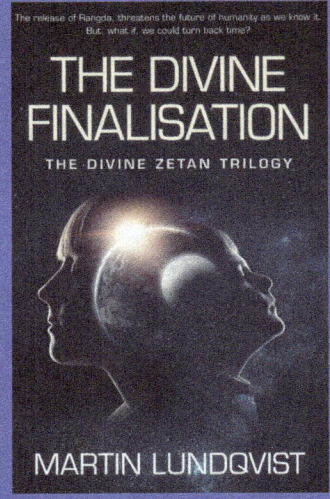

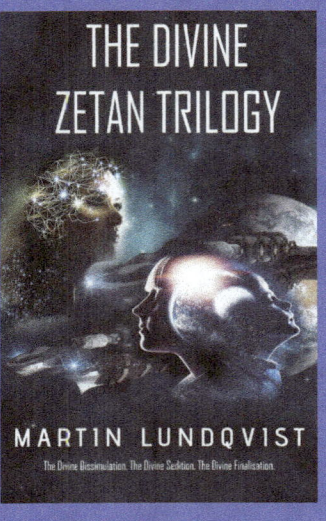

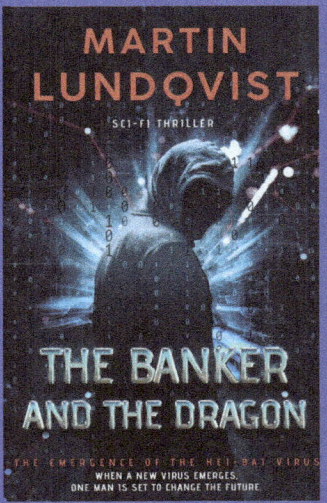